Juliette

le bec en l'air

Juliette

Denis Dailleux

Marie-Hélène Lafon

À mes parents, Anne et Joseph Dailleux,
à ma sœur, Sylvie.

Tu avais quatre-vingts ans quand nous nous sommes retrouvés. C'est à l'occasion d'un déjeuner chez mes parents que j'avais demandé si tu étais toujours de ce monde. La vie nous avait séparés et tu étais tellement marginalisée par la pauvreté que, si tu étais morte, je pense que personne ne m'aurait informé de ta disparition.

Je me souviens très bien de nos retrouvailles. Quand je suis arrivé dans la petite cour de ta ferme, tu étais campée devant la porte, les mains sur les hanches, prête à défendre ton territoire. Je t'ai demandé en te vouvoyant si tu me reconnaissais, tu m'as répondu *Non*. Je t'ai dit qui j'étais et tu as répliqué *Je croyais que j'allais jamais te revoir*.

Belle comme un jour

Lorsque je suis revenu te demander de poser pour une série de portraits de vieilles dames que je réalisais dans mon village, tu as refusé d'une manière catégorique. Tu ne voulais en aucun cas te déplacer, quitter ton royaume. Les dés étaient jetés, ta modeste maison et ton jardin seraient notre théâtre.

Je t'ai d'abord photographiée en vieille paysanne, avec ton panier de haricots sous le bras. C'était le souvenir d'enfance que j'avais gardé de toi quand, avec mes parents, nous passions te voir le dimanche soir. Tu me prenais la main et nous partions ramasser les noix sous les grands arbres au fond du jardin. J'avais alors l'impression de vivre une épopée.

Enfant, je t'aimais pour ta franchise, ta tendresse, ton arrogance, ton insolence, tes mots crus – ceux que personne dans mon entourage ne se permettait de prononcer. Tu étais ma grand-tante rock 'n' roll, mon oxygène. Tu n'as jamais fait de concession à la morale étriquée de nos villages, tu te moquais du qu'en-dira-t-on, tu étais une rebelle.

Et puis, sans raison particulière, nous avons cessé de te rendre visite. Je pense simplement que mon père était las des convenances familiales – le lendemain il devait enchaîner avec une semaine de labeur – et qu'il préférait sûrement ses amis à sa famille. Nous sommes donc restés sans nous voir pendant vingt ans, alors que tu n'habitais qu'à sept kilomètres de la maison de mes parents. Je parlais souvent de toi, tu me manquais. Ensuite, le temps a fait son œuvre.

Tu n'avais pas peur de la solitude, tu l'avais domptée. Mais il y avait toujours pour le visiteur des gâteaux dans l'armoire et du café qui chauffait sur la cuisinière.

Nous avions en commun l'amour du jardin, toi pour le faire et moi pour le contempler. Tu étais dure à la tâche, chaque sou était compté parce que durement gagné.

Quand je t'ai rendu visite pour te souhaiter la bonne année avec un service à café comme cadeau, tu m'as entraîné dans le jardin, tu as glissé furtivement un billet de cinquante francs dans ma poche et tu m'as planté au beau milieu de tes plantations.

Lors d'une de mes premières visites à la maison de retraite où tu avais fini par atterrir, je t'ai demandé si tu allais bien, tu m'as répondu *Je ne suis pas malheureuse, je ne fais rien, je m'emmerde.*

Tu évitais les autres pensionnaires que tu trouvais pitoyables, tu me disais *Regarde-moi toutes ces vielles garces !*

Souvent je t'ai cuisinée sur tes années de jeunesse, sur ton mariage prématuré parce que tu étais tombée enceinte d'un garçon de passage dans la ferme de ton métayer de père, que d'ailleurs tu n'aimais pas. À leur évocation, tu répondais à chaque fois *Espèces de trou du cul.*

Tu pouvais être injuste, tu avais tes têtes, tu ne faisais aucun effort quand tu n'aimais pas quelqu'un.

Tu ne m'as jamais questionné sur ma vie privée.

Tu as eu une très belle relation avec David, un petit garçon de dix ans au visage diaphane, qui venait chaque jour te voir pour te rendre des services. Il te ressemblait, il travaillait sans parler puis avant qu'il s'en aille tu lui offrais des gâteaux, vous étiez Harold et Maud. Tu détestais son jeune frère que tu trouvais fourbe, tu l'insultais pour qu'il quitte ta maison. Un jour, nous étions dans le hall de la maison de retraite quand David est arrivé, tu m'as dit en souriant *Regarde, il est beau comme un jour.* En montant dans ta chambre, tu m'as glissé dans l'oreille *Je n'aime pas les filles*, j'ai souri, je le savais déjà.

Dans ta chambre il y avait une très belle photo de tes deux garçons, Jules et Marcel, qui sont tous les deux morts avant toi. Tu étais toujours dans l'attente d'une visite de ton petit-fils, Alain, qui a vécu avec toi plusieurs années. Il travaillait à l'usine de bois de mon village. Quand tu as commencé à vieillir, c'est Alain qui venait faire les gros travaux de jardinage. Votre relation se passait de mots, c'est comme ça à la campagne. Tu aimais être au milieu des éléments naturels, la terre, le ciel, le soleil, la pluie. J'étais fasciné par ta capacité à vivre intensément le présent, tu ne regardais pas en arrière mais je suis sûr que tu aurais aimé naître dans un milieu moins rude, être plus éduquée.

Pendant les prises de vue, tu me permettais de fouiller ton âme, j'y enfouissais la mienne. Tu étais tour à tour joueuse, malicieuse, grave, parfois au bord des larmes, toujours pudique. Le jour où je t'ai montré tes photos parues dans la presse, tu les as observées et tu as dit en parlant de toi à la troisième personne *Le sale coup d'œil, j'aimerais pas la connaître celle-là...* Finalement tu t'es trouvée belle, *On dirait une comtesse.* Et après avoir regardé le prix du magazine, tu l'as jeté sur la table en disant *Vingt balles pour voir ma gueule !*

Tu as eu ta première et unique machine à laver à quatre-vingt-cinq ans, elle trônait dans la cuisine. *C'est pratique pour laver les draps !* Un point c'est tout.
Lorsque je t'ai transformée en statue végétale avec des feuilles d'alocasia, tu as saisi ma main pendant que je te momifiais, comme pour me dire *Aie confiance, je suis avec toi.*
Je suis venu te voir une année durant sans faire d'images, tu t'étais lassée de nos séances de prise de vue. Tu avais besoin de respirer et que je vienne uniquement pour toi.

C'est par une belle journée d'été que je t'ai expliqué tout l'enjeu que représentait pour moi cette révélation photographique. Tu m'as écouté sans prononcer un mot et puis tu t'es levée, tu t'es regardée dans ton petit miroir pour vérifier ta coiffure et tu m'as dit *Je suis prête*.

J'étais fasciné par ta féminité, toi la rude paysanne qui, si le destin avait été plus clément, aurait pu devenir une Arletty, parce que tu avais un sens inné de la lumière et la capacité de t'abandonner.

Après avoir reçu la visite du maire – il avait accueilli l'exposition qui t'était consacrée –, tu m'as dit *Je cause pas avec la saleté, il me faut du beau monde comme toi.*

Le jour de notre dernière séance de photo, tu avais quatre-vingt-quinze ans, la grâce était avec nous, j'ai juste relevé le col de ton sarrau et tu es devenue aussi belle qu'une vieille aristocrate, tu irradiais. C'est la lumière dans tes beaux cheveux blancs qui m'a inspiré cette ultime image.

La dernière fois que je t'ai vue, tu dormais. Je n'ai pas osé te réveiller. J'ai seulement déposé dans un vase les roses que j'avais cueillies pour toi.

Avant de refermer la porte, je t'ai embrassée sur le front, tu avais cent ans. J'ai toujours su que malgré l'absence d'étoiles dans ton ciel tu n'aurais pas voulu mourir.

Denis

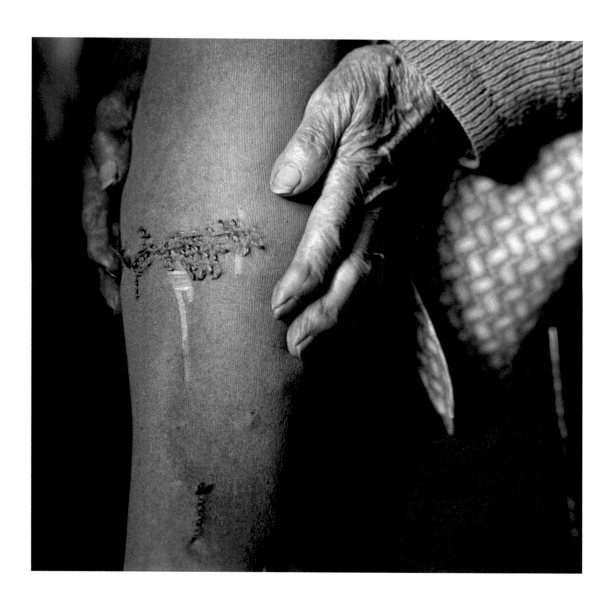

Juliette for ever

Marie-Hélène Lafon

Juliette serait une indienne.

Une squaw de campagne en blouse de coton, ceinturée à la taille, boutonnée de haut en bas, manches retroussées aux coudes. Tombé impeccable. La blouse ne baille pas, elle prend bien les épaules et n'a même pas eu besoin d'être raccourcie.

Juliette achèterait ses blouses au marché du vendredi, sur un banc, le même banc depuis soixante ans. Juliette ne fait pas de manière pour les blouses, toujours à peu près le même modèle, avec une petite fantaisie au col, si ça se trouve, pour égayer, et des boutons, on peut les recoudre ou renforcer les boutonnières, les fermetures Éclair ne sont pas solides, surtout celles de maintenant, c'est tout du plastique, avec des manches longues, l'été on les retourne, c'est plus couvrant, plus net que les emmanchures ouvertes, et avec une ceinture on garde un peu d'allure, le coton est solide, de bonne qualité, elle choisit des imprimés discrets, les unis sont trop salissants, mais pas de grosses fleurs ni de carreaux, grande et bâtie comme elle est, elle aurait tout de suite l'air d'une jument en tablier. Du coton bleu. Ses blouses sont bleues depuis soixante ans, tous les bleus, c'est sa couleur.

Juliette en couleurs. On l'imagine.

Juliette est son prénom.
Son père l'aurait donné. Il se serait trompé, à la mairie, il aurait inversé. La mère voulait Simone Juliette, mais le père avait pensé, sans le dire, que ça porterait malheur à l'enfant de lui donner le prénom de l'aîné, un Simon qui n'avait pas vécu trois jours. Cette fille avait l'air solide, elle était longue, et chevelue, elle avait crié fort, elle durerait. Le père n'avait pas réfléchi, il avait inversé les prénoms et la mère le lui avait souvent reproché, ensuite, quand la fille, devenue ingouvernable, n'en faisait qu'à sa tête, riait trop fort, fumait comme un homme, jurait, galopait dans tous les bals, conduisait le premier tracteur, mieux que le père, et aussi la mobylette, la voiture. La mère avait ses idées sur la place des choses et des gens en général, des filles et des femmes en particulier, et sa fille avait le don de n'être jamais à la bonne place. Rien n'arrêtait cette fille. Elle était déplacée, trop grande, on la voyait trop, elle faisait parler d'elle, et d'eux, elle faisait honte et elle avait presque l'air d'aimer ça.

Juliette est son prénom.
Un prénom de fillette chantante. Primesautier. Désinvolte.
Un prénom d'éternelle jeunesse.

Si tu t'imagines si tu t'imagines fillette fillette
si tu t'imagines xa va xa va xa va durer toujours
la saison des za saison des za saison des amours

Quid des amours de Juliette. Quel Roméo pour notre Juliette. Une alliance tenace luit à l'annulaire gauche de Juliette. Juliette fut alliée.

Un prénom d'amour fatal, un prénom d'Italie, un prénom à la Gréco. Un prénom germanopratin.

Une autre vie pour Juliette. Une vie de Saint-Germain-des-Prés. D'autres prés pour Juliette. Au conditionnel passé. Juliette aurait jeté son bonnet, et son soutien-gorge et sa blouse, par-dessus les moulins et les prés. Juliette en effeuilleuse, Juliette effeuillée en cabaret. Vingt-quatre ans en mai 68 par exemple, on imagine encore ; le bon âge, en cheveux, en crinière, lâchée, échevelée sur les barricades, jeune de chair, cabrée, cambrée, éperdue, mordue, lancée, *tout' nue sous son pull, dans la rue qu'est maboule*

Un prénom dansant et un port de reine pour Juliette. Un corps magistral. Sculptural. Juliette en pied. Un piédestal pour Juliette.

Le corps de la femme, le corps de Juliette, fait motif et paysage, il fait tout, il sature, il occupe, il est là, il pose il s'impose, il est souverain. Juliette est à peine adossée, rarement assise, pas alanguie, ni offerte, ni donnée. Juliette est impénétrable, reste impénétrable.

Juliette est une irréductible squaw, une carabinée, elle ne sourit pas, son sourire serait avalé, ravalé, ravisé, les orifices sont verrouillés, le regard est à l'affût sous les arcades sourcilières, elle nous regarde au moins autant que nous la regardons, pour un peu elle nous toiserait. De tout son haut. De tout son long. De long en large et en travers. Voire de travers.

Sur une photo de 1988, qui pourrait s'intituler *Juliette au ballot*, photo qui me happe pour des raisons très agricoles, Juliette est campée, solide sur ses jambes nues, les pieds sur terre, dans la terre ; on ne voit pas ses pieds, enfoncés, plantés qu'ils sont dans ce qu'il reste des épis fauchés, avalés par les machines, compressés, recrachés, emballés. Plus d'un siècle de mécanisation, des hordes de tracteurs goulus et de moisson-neuses-batteuses pilotés par GPS ont déferlé sur les glaneuses et les faneuses de Jean-François Millet, sur les corps puissants et souples, torsadés, des paysans de Millet à l'heure de la sieste et de l'Angélus, sur les meules glorieuses de Claude Monet, sur les sillons furieux et étoilés de Vincent Van Gogh.

Plus d'un siècle de peinture palpite au bord de cette photo de 1988, et on y pense, forcément on y pense, nous y pensons, vous et moi, et vous sans doute plus encore que moi, mais je ne crois pas que Juliette y pense, elle. Et Denis Dailleux n'y pense peut-être plus, lui, quand il fait la photo avec Juliette, cette photo de Juliette AVEC Juliette. On ne peut pas photographier Juliette SANS Juliette, voire contre elle, ou à son insu. Juliette joue, elle joue le jeu. Elle se prête, elle entre en scène et dans la danse et, derrière elle, le ciel fait tapisserie, fond de tapis-serie et guipure, le ciel fait de la figuration derrière le corps de la femme et le ballot de paille qui sont la matière de la photo. Sa matière plus que son sujet. Son ardente matière.

Je dis ardente pour la paille, pour le soleil, pour toutes les moissons, et toutes les fenaisons, pour la brûlure de tous les soleils de tous les étés de toute la vie de Juliette. Juliette a fané, a moissonné, son corps le dit, dit ce travail, d'autres travaux, à plein ventre, à pleins bras, ses mains, les veines de ses mains le disent, et font paysage ; mais, sur la photo, Juliette ne travaille pas, elle fait une pause et prend la pose ; elle joue, gravement, et son corps du jeu, son corps en jeu n'est pas vaincu, n'est pas défait, il ne cède pas, ne capitule pas, n'implore pas. Juliette se tient fière, elle est en gloire, elle n'est pas ravinée, ni élimée, ni mise en coupe réglée par les besognes sempiternelles. Juliette fait barrage de son corps. Barrage contre toutes les ordinaires avanies de la vieillitude et d'un monde qui n'en finit pas de finir et de tenir et de ne pas finir tout à fait avec elle.

Les paysans américains des grandes plaines rabotées par la crise et la misère, à bout de malheur sur les photos de Dorothea Lange et de Walker Evans sont loin. Nous y pensons, nous pouvons y penser, Denis Dailleux, vous, moi, et vous sans doute plus encore que moi, mais Juliette s'en fout. Elle est à cent et mille lieux, elle s'envole, c'est l'Assomption de Juliette, couronnée de paille, ou de papier doré. Juliette est vivace, elle est en gloire, un ballot lui fait auréole et mandorle, un ballot de deux cents kilos qui ne l'écrase pas, ne la menace pas. Le ballot est rond et la femme en est l'axe central. La femme est seule. Le monde paillu, chevelu, tournerait rond autour de la femme qui ne serait pas ronde, elle, pas gironde, pas féconde, pas du côté des entrailles ouvertes et de leur tendre fruit. Pas du côté du consentement, des Annonciations, des Nativités à l'étable, des Vierges à l'enfant, des tondi de la Renaissance italienne, des Pieta, des Descentes de Croix. Pas la descente de croix, pas le fils répandu sur les genoux de la mère.

Et c'est pourtant, les mères et les fils, le sujet même d'une autre série, égyptienne celle-là, de Denis Dailleux, intitulée « Mères et fils ». On est au Caire, ils y vivent, les mères et les fils qui posent en couples, chez eux, dans le secret des maisons, les mères telles qu'en elles-mêmes et fort vêtues, parfois voilées, ensevelies, les fils torses nus, nus jusqu'à la ceinture, lisses de peau, travaillés du muscle. C'est vertigineux, ça caresse et ça donne envie de pleurer, ou de crier. C'est une façon de dire à quoi s'occupe Denis Dailleux, ailleurs dans le monde, quand il ne photographie pas Juliette.

La tenace quincaillerie catholique de Denis Dailleux, qui, probablement, jubila sous le surplis des enfants de chœur, résurge au Caire et avec Juliette ; s'il faut jouer sur le velours catholique, comment faire autrement, difficile de faire autrement, s'il le faut, donc, Juliette serait plutôt du côté de l'Assomption de la mère ou de la Crucifixion du Fils. Juliette usurperait volontiers la place du Fils fait homme, du fils incarné, la place de l'homme, carrément. Juliette, carrément, et l'air de rien, en blouse boutonnée, avec sa mince alliance, et sans épines et sans chichis, Juliette seule, avec son mouchoir repassé, encore propre, et une vieille liste de courses dans la poche droite de sa blouse, Juliette crucifiée, tranquillement, pas tout à fait mais presque, sans trop tirer sur les bras, mais quand même, crucifiée à sec pour les siècles des siècles. Amen.

Cette photo de Denis Dailleux appartient à une série. La série pourrait s'intituler « Une femme de ferme », comme le mince et magistral livre de poèmes que David Dumortier a publié en 2003 chez Cheyne. Dans le livre de David Dumortier, je vois Juliette, ses gestes, j'entends sa voix.

Elle a tué le cochon, fait ses rillettes et elle a donné un morceau de boudin à ses voisins. C'est pas perdu de donner : quand ils tueront à leur tour, elle compte bien sur un bout d'eux.

Elle a rendez-vous au coin du jardin. Elle écarte les feuilles, pour vérifier si elle ne s'est pas trompée de moment dans la saison, elle cueille les plus grosses tiges, qu'elle épluche sur place, elle lui désherbe un peu le pied, et quand il n'y a plus rien à obtenir de ses pousses, elle peut commencer sa confiture. Mais pourquoi entretient-elle le mystère : elle et le rhubarbier, tout le monde le sait, pas la peine de s'étaler en grandes tartines sur son histoire d'amour.

Dans la série de Denis Dailleux, qu'il intitule « Ma tante Juliette », Juliette, sa grand-tante, joue. Et lui aussi. Juliette, *femme de ferme,* en pied, ou en pièces et morceaux, mains, œil, le droit le gauche, fermés les deux, le droit et le gauche, cheveux, effets de cheveux, cuisse, effets de cuisse ; et la cicatrice de son bas est recousue à gros points. Juliette crêtée de rhubarbe folle. Juliette de face, Juliette de profil, ou de dos. Et son chignon bas de vieille dame devient un coquillage, une fleur rare. Juliette dans le miroir. Sans le neveu, ou avec lui. Juliette avec ou sans canne. Suspendue, accrochée au fil du linge et du temps. Masquée d'un bas, fin prête pour le casse du siècle. Grimaçante, délurée, déchaînée, intenable. Partie pour le carnaval, loup en tête. Malicieuse. Presque mutine, toujours mutinée. Tragique et fatale au bord de la toile cirée. Seule. Juliette à cru, à vif, a capella. Couronnée d'un cœur de tournesol, ou de plumes comme un chef indien, ou de papier doré comme une qui aurait trouvé la fève dans la galette. Embusquée. Drapée de feuillages africains, ficelée, emballée. Juliette au couteau. En blouse, et en tablier, ou en gilet de laine. Juliette à sa coiffure dans l'antre d'une chambre profonde. Avec ou sans chapeaux. Chapeaux de paille, désinvoltes, effrontés, royaux. Juliette en queen. Juliette en châle frileux. Ou armée d'un plein panier de haricots.

Elle a quatre-vingt-un ans en 1988, qui est l'année de son assomption agricole et de son agreste crucifixion ; elle ne renoncerait à rien.
Juliette en cible émouvante.
Nous n'épuiserons pas Juliette. C'est elle qui nous épuisera.
Sous les lampions des jeunes étés Juliette en cavalière bleue.
Juliette for ever.

Merci à Christian Caujolle qui m'a tendu la main grâce à cette série de photos réalisées avec ma grand-tante, Juliette Onillon.

Merci à Marie-Hélène Lafon pour son beau texte.

Merci à Fabienne Pavia et Dominique Herbert qui publient ce livre.

D. D.

DENIS DAILLEUX, né en 1958 à Angers, vit à Paris
quand il n'est pas en Inde, en Égypte ou au Ghana.
Représenté par l'agence VU', la galerie Camera Obscura (Paris),
la Galerie-Peter-Sillem (Francfort), la Galerie 127 (Marrakech)
et la Box Galerie (Bruxelles), il est exposé dans le monde entier
et a reçu de nombreux prix internationaux.
Il est l'auteur remarqué de plusieurs livres sur l'Égypte :
Habibi Cairo. Le Caire mon amour (Filigranes, 1997),
Le Caire (Le Chêne, 2001), *Fils de rois. Portraits d'Égypte*
(Gallimard, 2008), *Impressions d'Égypte* (La Martinière, 2011),
Égypte. Les Martyrs de la révolution (Le Bec en l'air, 2014)
et *Mères et fils* (Le Bec en l'air, 2014).
Pour cette dernière série, Denis Dailleux a reçu le 2e prix
du World Press Photo dans la catégorie « Staged portrait ».
Au Bec en l'air, il a également fait paraître *Ghana. We Shall
Meet Again* en 2016 et *Persan Beaumont* en 2018.

MARIE-HÉLÈNE LAFON, née dans une famille de paysans,
vit et travaille à Paris. Elle est l'auteure de nombreux livres
(romans, nouvelles, essais), la plupart parus chez Buchet-Chastel,
parmi lesquels *Le Soir du chien* (2001), *L'Annonce* (2009),
Joseph (2014) et *Histoires* (2015, Goncourt de la nouvelle 2016).

le bec en l'air
ÉDITIONS

www.becair.com

Ce livre a été publié avec le soutien de la Région SUD Provence-Alpes-Côte d'Azur.

édition Fabienne Pavia
graphisme & prépresse le bec en l'air
impression EBS, Vérone, Italie
distribution photo Agence VU', Paris